KB182559

🏠 the bears' school
꼬마 곰 재키와 유치원

글 아이하라 히로유키 그림 아다치 나미 옮김 송지혜

아울북

꼬마 곰 유치원의 꼬마 곰은 하나, 둘, 셋, 넷……. 모두 열두 마리.

모두 사이좋게 지내고 있어요.

열두 마리 꼬마 곰 가운데
첫째부터 열한째까지는
모두 남자예요.
첫째는 디키, 둘째는 울리.
나머지 꼬마 곰들의 이름은 나중에 또 알려 줄게요.

막내인 열두째 재키는
하나뿐인 여동생이에요.
가장 어린 꼬마 곰 재키는
가장 장난꾸러기에다 고집쟁이.
그래도 늘 오빠들을 챙겨 주지요.

종이 울리면, 꼬마 곰 유치원의 수업이 시작되어요.

첫째 시간은 책 읽기 시간.

Reading Class

다같이 나란히
사이좋게 모여 앉아요.
오늘은 어떤 책을 읽을까?

둘째 시간은 미술 시간.

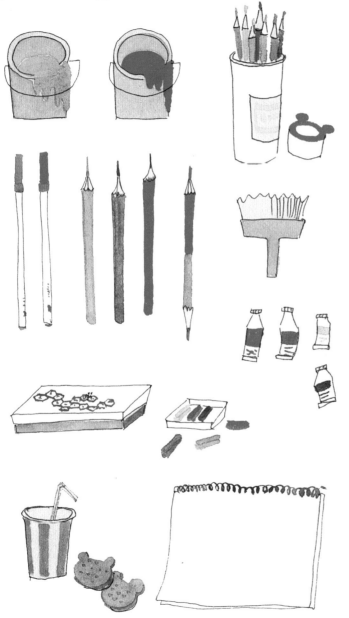

Art Class

초록색 모자를 쓰고
커다란 종이를 마당에 펼쳐 놓아요.
무슨 그림을 그릴까?

셋째 시간은 체육 시간.

Gym Class

모두 체육복으로 갈아입고
나뭇가지 철봉에 매달려요.
떨어지지 않게 조심해요.

그다음 다 같이 점심을 먹어요.

Lunch Time

으깬 감자 샐러드와 고소한 콩 수프, 그리고 따뜻한 우유도 있어요.

점심을 먹고 나서 다 같이 청소를 해요.

Cleanup Time

머릿수건과 앞치마를 두르고
쪼르르 줄지어 바닥을 뽀드득 뽀드득 닦아요.
우아, 아주 깨끗해졌어요.

다시 종이 울리고, 꼬마 곰 유치원의 하루가 저물어요.

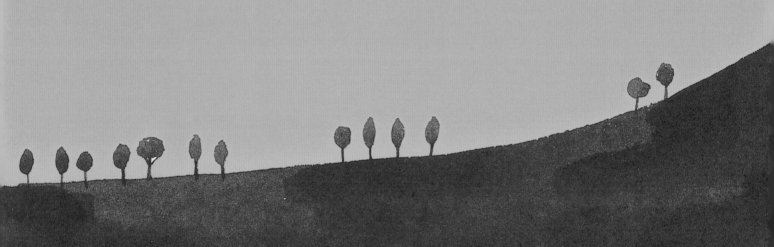

밤이 오고 올빼미가 울자, 씩씩하던 꼬마 곰들은 엄마가 보고 싶어요.

커다란 침대에 나란히 누워서
다 같이 새근새근 잠들려고 해요.
가장 먼저 울보 피터가 "으앙!"
울음을 터뜨려요. 어떡하죠?
재키가 피터를 달래 주어요.

휴우, 그런데
그 다음으로 울보 알버트가 뒤이어
"앙앙!" 울기 시작해요.
이번에도 재키가 알버트를 달래 주어요.

이번에는
앤톤마저 알버트를 따라
"아아앙!" 울어요.
이번에도 재키가 나서서
앤톤과 알버트를 달래 주어요.

"바쁘다, 바빠." 재키는 정신없이 바쁘게 오빠들을 달래 주어요.

휴우, 다행이에요.
재키 덕분에 오빠들이
울음을 그치고 이를 닦아요.

어, 어, 그런데······.

"으아앙!"

재키도 울음이 터져 버렸어요.

역시 재키는 막내 꼬마 곰이에요.

따뜻하고 포근한 밤이에요.

귀여운 꼬마 곰은
모두 열두 마리.
모두들 사이좋게 잠들었답니다.

글 아이하라 히로유키

아이가 다니는 유치원 친구들을 보고 〈the bears' school〉 시리즈를 쓰기 시작하였습니다.

쓴 책으로는 《꼬마 곰 재키와 유치원》, 《꼬마 곰 재키와 빵집》, 《꼬마 곰 재키의 자전거 여행》, 《꼬마 곰 재키의 빨래하는 날》,

《꼬마 곰 재키의 생일 파티》, 《꼬마 곰 재키의 운동회》, 《내 이름은 오빠》, 《넌 동생이라 좋겠다》 등이 있습니다.

그림 아다치 나미

타마미술대학에서 공부하고 그림책 작가와 디자이너로 일합니다.

그린 책으로는 《꼬마 곰 재키와 유치원》, 《꼬마 곰 재키와 빵집》, 《꼬마 곰 재키의 자전거 여행》, 《꼬마 곰 재키의 빨래하는 날》,

《꼬마 곰 재키의 생일 파티》, 《꼬마 곰 재키의 운동회》, 《내 이름은 오빠》 등이 있습니다.

옮김 송지혜

부산대학교에서 분자생물학과 일어일문학을 전공했으며, 고려대학교 대학원에서 과학언론학을 전공했습니다.

현재 어린이를 위한 책을 쓰고 옮기고 있습니다. 《수군수군 수수께끼 속닥속닥 속담 퀴즈》, 《또래퀴즈 : 공룡 퀴즈 백과》, 《매직 엘리베이터: 바다》 등을 쓰고,

《이린이를 위한 미음 처방》, 《괴물의 집을 절대 열지 마!》, 《호기심 퐁퐁 자연 관찰. 나비의 한 실이》, 《낌찍낌찍 세계 명작 팝업북 잠사는 숲속의 공주》 등의 책을 옮겼습니다.

🏠 the bears' school
꼬마 곰 재키와 유치원

글 아이하라 히로유키 그림 아디치 나미 옮김 송지혜

1판 1쇄 인쇄 2024년 8월 27일
1판 1쇄 발행 2024년 9월 9일

펴낸이 김영곤 **펴낸곳** ㈜북이십일 아울북
TF팀 김종민 신지예 이민재
출판마케팅영업본부장 한충희 **마케팅3팀** 정유진 백다희 **출판영업팀** 최명열 김다운 권채영 김도연
편집 꿈틀 이정아 **디자인** design S **제작 관리** 이영민 권경민

출판등록 2000년 5월 6일 제406-2003-061호
주소 (우 10881) 경기도 파주시 문발동 회동길 201
연락처 031-955-2100(대표) 031-955-2709(기획개발)
팩스 031-955-2122 **홈페이지** www.book21.com

ISBN 979-11-7117-711-0   **ISBN** 979-11-7117-710-3 (세트)

the bears' school
The Bears' School
Copyright ⓒ BANDAI
First published in 2002 in Japan under the title Kumano Gakkou by
arrangement with Bronze Publishing Inc., Tokyo. All right reserved.

Korean translation rights ⓒ 2024, Book21 through BANDAI KOREA
이 책의 한국어판 저작권은 BANDAI와의 독점 계약으로 북21에 있습니다.
저작권법에 의하여 보호받는 서작물이느로 내용의 무난 선새와 복제를 금합니다.

＊ 잘못 만들어진 책은 구입하신 서점에서 교환해 드립니다.

KC
• 제조자명 : ㈜북이십일   • 제조연월 : 2024. 9. 9.
• 주소 : 경기도 파주시 회동길 201(문발동)   • 제조국명 : 대한민국
• 전화번호 : 031-955-2100   • 사용연령 : 3세 이상 어린이 제품